Elisabeth Zöller studierte Deutsch, Französisch, Kunstgeschichte und Pädagogik in Münster und Lausanne. Sie arbeitete 17 Jahre lang als Lehrerin an verschiedenen Gymnasien. Seit 1987 schreibt Elisabeth Zöller und hat seitdem zahlreiche Kinder- und Jugendbücher veröffentlicht. Sie lebt bei Münster. In der Schatzinsel erschienen von ihr bereits ›Die 5 Nervensägen‹ (Bd. 80400), ›Die 5 Nervensägen schaffen das Chaos‹ (Bd. 80409), ›Ein Pferd für die 5 Nervensägen‹ (Hardcover, Bd. 85085), ›Die 5 Nervensägen im Fußballfieber‹ (Hardcover, Bd. 85102) und ›Die 5 Nervensägen auf Klassenfahrt‹ (Hardcover, Bd. 85121).

Unsere Adresse im Internet: www.fischer-tb.de

Charlotte Panowsky wurde 1953 in Simbach (Niederbayern) geboren. Sie studierte Kunsterziehung, Kunstgeschichte und Graphik. Inzwischen hat sie zahlreiche Bücher für verschiedene Verlage illustriert. 1987 erschien ihr erstes Bilderbuch. Für die Schatzinsel hat sie auch ›Die schönsten Erstlesegeschichten von Mirjam Pressler‹ (Bd. 80393) illustriert.

Wilfried Gebhard ist in Stuttgart aufgewachsen. Nach dem Graphikstudium an der Graphischen Fachschule und der Staatlichen Akademie der bildenden Künste in Stuttgart arbeitete er zunächst in der Werbung. Später kam er zum Cartoon und zur Illustration. Neben zahlreichen Veröffentlichungen in Zeitschriften, Cartoon- und Kinderbuchverlagen entstanden Arbeiten fürs Kinderfernsehen.

Die schönsten Erstlesegeschichten von Elisabeth Zöller

Mit Bildern von Charlotte Panowsky und
Wilfried Gebhard

Fischer Taschenbuch Verlag

Fischer Schatzinsel
Herausgegeben von Eva Kutter

Veröffentlicht im Fischer Taschenbuch Verlag,
einem Unternehmen der S. Fischer Verlag GmbH,
Frankfurt am Main, Juni 2003

Lizenzausgabe mit freundlicher Genehmigung
des Loewe Verlags, Bindlach
›Ballettgeschichten‹

›Abenteuergeschichten‹

›Tierfreundegeschichten‹

Satz: Pinkuin Satz und Datentechnik, Berlin
Druck und Bindung: Clausen & Bosse, Leck
Printed in Germany
ISBN 3-596-80451-5

Nach den Regeln der neuen Rechtschreibung

Inhalt

Ballettgeschichten

Abenteuergeschichten

Tierfreundegeschichten

Ballettgeschichten

Mit Bildern von Charlotte Panowsky

Brigitte meldet sich an

»Heute melde ich mich beim Ballett an«, ruft Brigitte und rennt nach der Schule ganz schnell nach Hause. Den ganzen Morgen hat sie an das Ballett denken müssen. So aufgeregt war sie. Und beim Rechnen hat sie gar nicht hingehört.

Frau Lustig hat zweimal rufen müssen: »Hallo, Brigitte.« Und alle haben gelacht.

»Macht nichts«, denkt Brigitte. »Wenn man zum Ballett geht, macht das alles nichts.«

Wahrscheinlich will Brigitte nämlich Tänzerin werden. Das findet sie ganz toll. Und bestimmt kann sie gut tanzen.

Zu Hause macht Mama die Tür auf.

»Gehen wir gleich los?«, fragt Brigitte.

»Nein, nein«, sagt Mama. »Erst um fünf Uhr.«

»Also noch fünf Stunden«, seufzt Brigitte. »Das hält ja keiner aus!«

»Papa will schließlich auch mitgehen!«, sagt Mama.

Stimmt! Daran hat Brigitte gar nicht mehr gedacht. Sie freut sich, dass Papa mitgeht.

»Und machen wir wieder ein großes Eisessen?«, fragt sie.

»Klar«, sagt Mama. »Zur Feier des Tages.«

Das machen sie immer: Mama, Papa, Brigitte. Wenn etwas ganz, ganz Besonderes ist.

Um fünf Uhr gehen sie endlich los.

»Muss ich da vortanzen?«, fragt Brigitte Papa auf dem Weg.

»Muss ich gleich meine Ballettschuhe anhaben?« Brigitte hat nämlich schon Ballettschuhe bekommen.

»Muss ich jetzt schon wie im Ballett gehen?« Sie balanciert auf Zehenspitzen wie die Tänzerinnen im Fernsehen.

Brigitte fragt Papa und Mama Löcher in den Bauch. So aufgeregt ist sie!

Da sehen sie an einem Haus ein Schild:

Das muss es sein. Sie gehen hinein und sehen sich um.

Innen sieht es überhaupt nicht aus wie in einer Schule. Da sieht es fast so langweilig aus wie in Papas Büro. Der einzige Unterschied ist, dass an der Wand Balletttänzerinnen hängen. Natürlich nicht echte. Nur Fotos. Eine Dame sitzt am Tisch. »Eine richtige Ballettdame«, denkt Brigitte. Sie versteckt sich ein bisschen hinter Mama.

»Wir wollen unsere Tochter bei Ihnen anmelden«, sagt Mama. Dass die das einfach so herauskriegt!

»Willst du tanzen?«, fragt die Dame Brigitte. Sie lächelt.

»Ich will, ich … will …«, stottert Brigitte. Sie schaut zu Mama. Sie schaut zu Papa.

»Was denn?«, fragt Mama.

»Zum Ballett!« Jetzt ist es endlich heraus.

»Das ist schön. Wie heißt du denn?«, fragt die Dame.

»Brigitte.«

»Und weiter?«

Brigitte sagt Name, Adresse, Mamas und Papas Namen und ihr Alter. Was die alles wissen wollen!

»Willst du schon mal hineinschauen? Jetzt ist gerade eine etwas ältere Gruppe drin.«
»Au ja.« Brigitte geht hinein. Es sieht alles sehr schön aus.
Aber da sind ja auch Jungen! Einer sieht fast aus wie der blöde Timo aus Brigittes Klasse. Hoffentlich ist Timo nicht hier. Der ist doch blöd bis zum Nordpol.
Zum Schluss druckt die Dame Brigitte einen Zettel aus. Mit einem echten Computer. Den

haben die hier. Dahinein hat die Dame alles getippt, was sie von ihnen wissen wollte. Echt superschnell. Auf dem Zettel steht, zu welchen Zeiten Brigitte kommen muss. Und wie die anderen in der Gruppe heißen, die sich schon angemeldet haben.

Da sind Pia, Julius und Elias, Paul und Sarah. Gott sei Dank, nicht Timo!

»Jungen sind auch da?«, fragt Brigitte. »Ballett ist auch für Jungen?«

Die Dame nickt.
»Klar«, sagt sie. »Seit einigen Jahren kommen auch Jungen. Immer mehr Jungen.«
Julius, Elias und Paul. Die Namen hören sich lustig an. Morgen ist schon die erste Stunde. Wie das wohl wird?
»Und jetzt gibt es ein Eis«, sagt Mama.
»Freust du dich?«, fragt Papa.
»Und wie!«, sagt Brigitte. »Supertoll freue ich mich. Vor allem, dass der Timo nicht da ist. Und dass ich jetzt das supertolle Fruchteis bestelle. Mein Lieblingseis. Mmh.«

Annes erste Ballettstunde

Heute ist die erste Ballettstunde. Anne rennt schon um Viertel vor drei los. Die Tür der Ballettschule ist noch zu. Sie wartet. Da kommt ein anderes Mädchen mit ihrer Mama. Und ein Junge. Anne schielt zu ihnen rüber. So richtig gucken mag sie nicht.
Die Tür wird geöffnet. Sie gehen in einen Umkleideraum. Wie in der Turnhalle beim Sport.
»Hast du auch ein Tutu?«, fragt ein Mädchen Anne.
Anne schüttelt den Kopf. Sie weiß gar nicht, was das ist. Das Mädchen zieht ein kleines rosa Ballettkleidchen heraus und hält es ihr unter die Nase.
Anne hat nur ein hellblaues Trikot. Dabei fand sie das so toll. Mama hatte ihr extra ein hellblaues Trikot und hellblaue Ballettschuhe gekauft. Anne sieht nichts mehr, weil sie

auf einmal Tränen fühlt. Sie hängen wie ein Schleier vor den Augen.
Dann werden sie in den Saal gerufen. Da ist eine Wand aus Spiegeln. Zwei Stangen laufen entlang. Ein Mädchen übt und hält sich an der Stange fest.
Sie setzen sich als Erstes in einen Kreis, und alle sagen ihren Namen. Jetzt sieht Anne, dass nur zwei Mädchen ein Tutu anhaben – oder wie das heißt. Die anderen haben Trikots an wie Anne. Da wird Anne ruhiger.
»Wir machen uns erst mal weich«, sagt die Ballettlehrerin.
Anne muss lachen.
»Aber ich bin doch ganz weich«, rufen Nora und Janek fast zusammen. Alle lachen. Das hört sich wirklich sehr komisch an.
»Übungen zum Weichmachen«, erklärt die Lehrerin, »sind ganz einfach. Ihr kennt sie bestimmt schon aus dem Sportunterricht. Wir machen mit langsamen Bewegungen die Muskeln warm und weich.«

Jetzt versteht Anne. Sie müssen sich dehnen und strecken und einklappen und beugen und liegen. Das ist kullerleicht. Und schon geht's los.

»Wie lange machen wir uns noch weich?«, fragt Nora nach einer Weile. »Weichmachen dauert ja ganz schön lange.«

»Ich bin schon quabbelweich.« Thomas kneift sich ins Bein. Aber es geht weiter.

Danach bewegen sie sich mit Musik. Langsame, schöne Musik – und das Ganze fünfmal wiederholen. Sie stehen, sie gehen, sie schwingen. Sie sind mitten in der Musik. Das ist schön.

Anne sieht sich im Spiegel. Das ist toll im Ballettsaal, dass man sich an zwei Seiten sieht. Wie bunte Punkte schweben sie durch den Raum: hellblau, weiß, rosa.

»Jetzt rollen wir uns ein wie ein Schneeball«, sagt die Ballettlehrerin. »Und wir rollen uns wieder aus, strecken uns und werden ein riesengroßer Schneemann.«

Das machen sie: hüpfen und springen. Doch auf einmal wird die Musik ausgestellt.

»Für heute ist die Stunde zu Ende!«, sagt die Lehrerin.

»Schon?«, fragt Anne. Es war gerade so schön!

»Am Donnerstag machen wir weiter«, sagt die Lehrerin. Und dann sagt sie: »Die Mädchen, die ein Tutu anhaben, tragen beim nächsten Mal ein einfaches Trikot. Zum Üben ist das besser. Und bei Aufführungen dürft ihr das Tutu wieder tragen.«

Da schaut das Mädchen von vorhin – es heißt Tilda – ganz traurig.
Und als Jonathan dann sagt: »Das ist ja nur Angeberei!«, rennt Tilda ganz schnell hinaus. Anne läuft hinter ihr her. »Tilda«, sagt sie ganz leise.
Da dreht Tilda sich um. Die Tränen kullern.

»Und ich hatte so gespart für das Tutu«, sagt sie.

»Wenn du willst, leih ich dir von mir ein Trikot, ich hab zwei«, sagt Anne. Sie mag Tilda auf einmal sehr, sehr. Sie legt den Arm um ihre Schulter.

»Echt?«, fragt Tilda.

»Klar«, sagt Anne. Und dann sagt sie hinter-

her: »Eben war ich so neidisch auf dich, da hab ich fast geweint, weil ich kein Tutu hatte.«
»Komisch«, sagt Tilda.
»Komisch«, sagt Anne.
»Holst du mich beim nächsten Mal ab?« Anne zeigt ihr, dass sie direkt gegenüber wohnt. »Du kannst auch ein bisschen eher kommen.«
»Au ja«, sagt Tilda. »Tschüss.«
Als Anne ins Haus läuft, ruft sie: »Es war ganz toll beim Ballett, mit Weichmachen, Musik und der Lehrerin, und ich hab schon eine Freundin. Tilda heißt sie.«

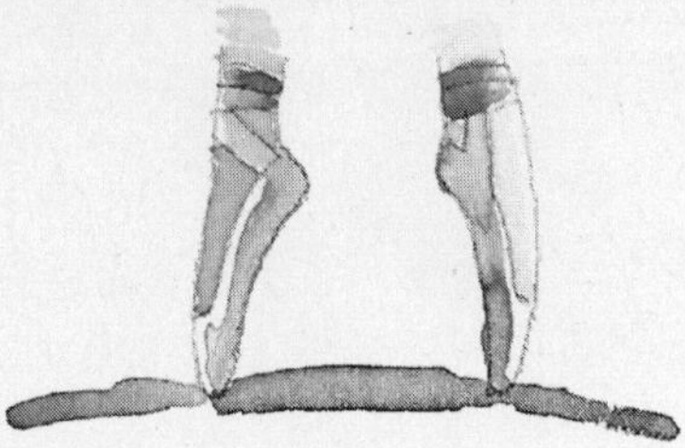

Lisa spricht mit dem Körper

Lisa hockt am Boden. Frau Lustig kommt herein. Sie schaut sich um. Dann sagt sie: »Ihr wisst ja, beim Ballett dürft ihr auf gar keinen Fall Schmuck tragen! Ihr dürft lange Haare nicht offen tragen.« Dabei schaut sie zu Laura. »Natürlich darf man auch nicht mit Flatterröcken kommen.«

Da müssen alle lachen.
»... oder mit langen Röcken.« Helge macht Quatsch.
»Wer kommt denn schon mit einem langen Rock zum Ballett?«, sagt Lisa und kichert.
»Das war früher schon üblich«, sagt Frau Lustig. »Am Anfang des Balletts. Da mussten Frauen immer lange Röcke anziehen, damit man die Beine nicht sah. Und auch die Arme durfte man nicht sehen.«
»Komisch«, sagt Jonas. »Warum durfte man die denn nicht sehen?«
»Die Vorstellungen von dem, was man sehen durfte, haben sich halt geändert«, sagt Frau Lustig.
»Gott sei Dank!«, murmelt Laura. »In langen Röcken kommen! Das ist doch Blödsinn. Da kann man sich ja gar nicht bewegen.«
»Und die Ballettlehrerin kann überhaupt nicht sehen, ob man sich richtig bewegt«, ruft Helge.
»Stimmt«, sagt Frau Lustig. »Also, jetzt

wisst ihr, dass man Schmuck, Uhren und all diese Sachen beim Ballett nicht tragen darf.«
Da läuft Jan ganz schnell hinaus und bringt seine Uhr fort, weil er die ja nicht tragen darf. Er bekommt dabei sogar einen roten Kopf. Das hat er nämlich nicht gewusst.

Und dann klatscht Frau Lustig in die Hände und sagt: »Jetzt geht es los!« Alle wollen aufspringen.

»Noch nicht ganz«, lacht Frau Lustig. »Vorher wollen wir noch darüber sprechen, wie all unsere Körperteile heißen.«
»Aber das ist doch kullerleicht«, denkt Lisa. »Das wissen die anderen noch nicht mal!«
Aber dann staunt sie doch ganz schön, was es alles gibt an ihrem eigenen Körper.
Natürlich weiß jeder, wo die Schulter ist. Kullerleicht. Und wo der rechte Arm ist, der linke Arm, das Knie, die Hüfte, das Schienbein und der Bauch. Das weiß doch jedes Baby!
Aber es wird ganz schön schwierig, wenn Frau Lustig fragt, wo der Spann ist, der Ballen, die Ferse, die Wade, der Ellbogen und die Rippen. Frau Lustig zeigt alles. Einiges muss sie erklären. Dafür hat sie ein Bild. Ein großes Bild. Darauf ist ein Mädchen, das sieht genauso aus wie Anne.
»Und warum muss man das alles wissen?«, fragt Lisa.
Frau Lustig überlegt. »Balletttanzen heißt

mit dem Körper sprechen. Und dafür muss man ihn genau kennen.« Das hört sich sehr, sehr komisch an. Mit dem Körper sprechen!
Am Schluss wissen sie alle Ausdrücke. Es war doch nicht so kullerleicht. Ganz schön schwer. »Pickepackeschwer«, denkt Lisa.
Jetzt geht es aber wirklich los. Mit Weichmachübungen.
»Jetzt fangen wir an, mit dem Körper zu sprechen«, ruft einer von hinten.
Frau Lustig guckt jetzt ganz streng. Sie passt

genau auf, was alle machen. »Nicht mogeln!«, ruft sie. »Wenn ihr von Anfang an die Bewegungen richtig macht, dann könnt ihr es nachher umso schneller.«
»Mit dem Körper sprechen«, sagt Lisa.
Und Frau Lustig biegt Jonas zurecht und Laura, Helge und Lisa. »Puh, das ist ganz schön anstrengend«, merkt Lisa.
Aber Spaß macht es. Und zum Schluss kommt wieder die Musik, und da können sie sich drehen und hüpfen und tanzen, wie sie wollen. Toll ist das.

Lisa rennt nach Hause und fragt als Erstes ihren Papa: »Wo ist der Spann, Papa?« Das weiß er. Und dann fragt sie: »Und wo ist meine rechte Wade?« – »Und der Ballen?« Da zeigt Papa daneben.
Beim Ballett lernt man ganz schön viel. Und

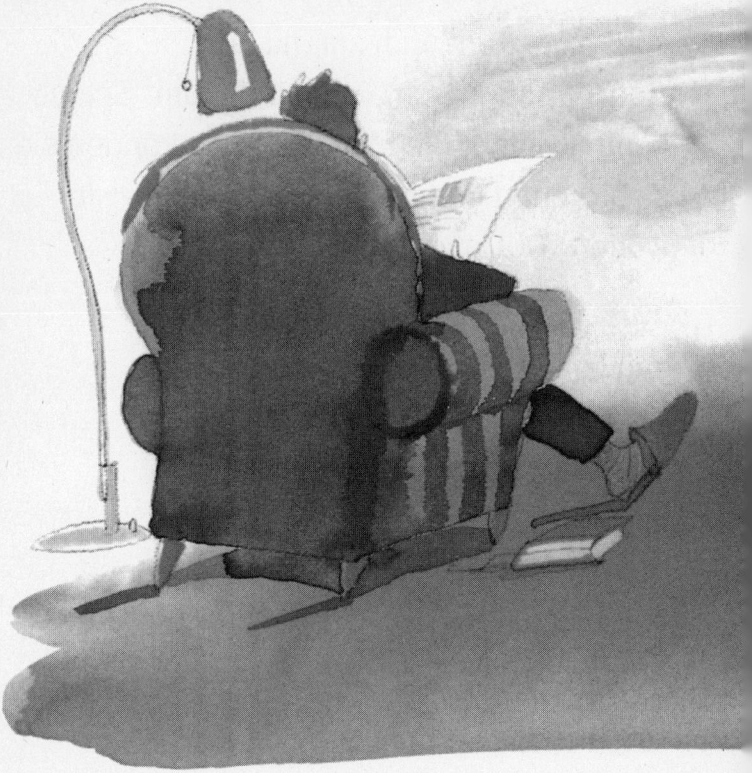

vor allem, dass man alles ganz genau machen und wissen muss. Und mit dem Körper sprechen lernt man. Das erklärt Lisa ihrem Papa.

Der überlegt. »Dann sag mal: ›Ich bin traurig!‹«

Lisa lässt den Kopf und die Schultern hängen.

»Sag mal: ›Ich freue mich.‹«
Da springt Lisa hoch.
»Eigentlich brauchst du gar nicht mehr hin«, sagt Papa. »Du kannst ja alles.«
»Nein«, sagt Lisa. »Im Ballett lerne ich so eine neue Sprache für die Beine und Arme und alles für den ganzen Körper. Und damit kann ich dann noch viel, viel besser mit dem ganzen Körper sprechen.«
Und sie streckt Papa das Bein hin, ganz hoch. Das kann sie schon!

Leo hat Beine aus Pudding

Leo muss heute zum Ballett. Am Mittag ist er allein zu Hause. Das ist mittwochs immer so. Mama arbeitet noch. In der Küche steht sein Teller mit Essen. Leo schiebt es in die Mikrowelle. »Zwei Minuten«, hat Mama gesagt. Das Essen ist warm. Leo kann essen. Aber heute schmeckt es ihm nicht, obwohl Mama sein Lieblingsessen gemacht hat. Hühner-

bein und Apfelmus. Leo schiebt das Essen weg. Am liebsten würde er nicht gehen, dabei hat er sich so gefreut auf das Ballett. Er ist müde.

Im Ballett fragt Frau Flieger: »Du siehst blass aus, Leo. Bist du krank?«
Leo schüttelt den Kopf. »Bin ich nicht.«
Dann machen sie die ersten Übungen. Leo hat erst Beine wie Steine. Sie sind ganz schwer, und er kriegt sie kaum auseinander. Als sie die Positionen machen müssen, hat er auf einmal Beine wie Pudding. Wabbelige Zitterbeine.
»Wie geht das denn«, denkt Leo, »dass man erst Beine so schwer wie Steine hat und dann auf einmal Puddingbeine, Zitterbeine?«
Sie stehen an der Stange. Leos Po zittert. Auf einmal zittert der ganze Leo.

»Wie ein Zittergaul«, denkt Leo. Und dann dreht sich alles: der Raum, die anderen, der Saal. Die ganze Welt dreht sich. Die Welt tanzt um Leo herum, immer schneller. Leo klammert sich an die Stange. Doch plötzlich lässt er los und fällt auf den Boden.

Frau Flieger fragt erschrocken: »Hast du dir wehgetan, Leo?« Sie befühlt Leos Stirn. »Du hast ja eine ganz heiße Stirn. Du bist krank, Leo.«

Als Leo wieder klar sehen kann, sagt er: »Ich habe mich gerade gefühlt wie ein Pudding. Und wie ein alter, alter Zittergaul. Und wie ein Karussell. Alles auf einmal.«
Da müssen alle lachen. Aber Leo ist gar nicht zum Lachen zu Mute, denn er hat Kopfweh, und er muss schwitzen und frieren und zittern. Das kann man alles zusammen, wenn man krank ist.

Frau Flieger sagt: »Leo, ich rufe jetzt deine Mama an. Sie wird dich abholen.«
»Hoffentlich ist Mama schon da«, denkt Leo. Sie ist da. Mama verspricht der Lehrerin, ganz schnell zu kommen und Leo abzuholen. Leo liegt auf der Bank. Frau Flieger hat eine Decke über ihn gelegt. Es ist ihm jetzt schon ein bisschen wärmer, und er muss auch nicht mehr so schwitzen. Die anderen machen weiter.
Da geht die Tür ein bisschen auf, nur einen Spalt. Das ist Mama. Sie lugt durch die Tür. Sie winkt Leo zu. »Da bin ich«, ruft sie.

»Gut, dass sie da ist«, denkt Leo. Denn wenn man krank ist und sich fühlt wie ein Pudding oder wie ein alter Zittergaul, dann ist es am besten, wenn man zu Hause ist. Einfach im Bett. Und dann ist es auch am besten, wenn man nicht tanzen muss. Dann ist es am besten, man bekommt Geschichten erzählt vom Tanzen, vom Ballett, von Dornröschen und von allem, was schön ist. Und Mama legt einen nassen Lappen auf die Stirn und singt: »Heile, heile, Segen, es wird alles wieder gut …«

Erste oder zweite Gruppe?

Die ganze Ballettgruppe ist da. Heute schaut sich die Ballettlehrerin jeden Einzelnen genau an. Sie möchte sehen, wer in die zweite, die Fortgeschrittenengruppe, kommt – oder wer noch weiter die Grundpositionen üben muss.

Die Lehrerin sagt freundlich: »Nicht jeder kann alles. Das wisst ihr. Es gibt welche, die sehr schnell alles konnten. Es gibt andere, denen manches schwerer fällt. Die können dafür aber etwas anderes.«

»Oh, hoffentlich, hoffentlich kann ich alles!«, denkt Andrea. Vier Kinder sind schon fertig. Zwei machen weiter in der ersten, zwei kommen in die zweite Gruppe. Jetzt ist Andrea dran.

»Erste Position … dritte Position, Plié … Sehr schön!«

Andrea zittert richtig von innen. Dabei hat Mama ihr extra gesagt: »Andrea, es spielt doch gar keine Rolle. Tanz nur, so gut du kannst.«

Andrea geht, als wenn sie versinken müsste. Sie zittert. Nein, Spagat kann sie nicht. Das stimmt. Andrea fühlt sich, als wäre sie hinter einer Glaswand, weit, weit weg von allen.

Sie hört hinter dieser Glaswand die Stimme

der Lehrerin: »Nicht jeder kann alles …«, und danach hört sie »erste Gruppe«. Und als sie sich umdreht, streckt Dorothee ihr die Zunge raus. Dorothee ist doof. Die mag Andrea überhaupt nicht. Aber die ist in Gruppe zwei. Ganz komisch fühlt sich Andrea, gar nicht lebendig. Und sie geht wie automatisch zu Marie, die auch in Gruppe eins bleiben

muss, und stellt sich neben sie. Da legt plötzlich jemand einen Arm um Andrea. Das ist Marie. Sie drückt Andrea ganz fest. Da drückt Andrea zurück.

Ob Marie auch so traurig ist? Bestimmt. Andrea schaut zu Marie. Marie zwinkert ihr zu. Da müssen auf einmal beide lachen. Auf einmal macht es Andrea fast nichts mehr aus. Sie steht da mit Marie – und zusammen gehen sie wieder in Gruppe eins.

Als Mama Andrea abholt, fragt sie natürlich: »Wie war's?«

»Gut«, sagt Andrea. Und dann erzählt sie alles. »Und Marie will auch zum Spielen kommen. Und dann üben wir.«

»Toll«, sagt Mama. »Ich freue mich, dass Marie kommt. Aber am meisten freue ich mich, dass du trotz der Enttäuschung wieder so lustig geworden bist. Das ist eine noch größere Kunst als das, was ihr getanzt habt.«

»Vielleicht«, sagt Andrea. »Vielleicht und vielleicht auch nicht.«

»Der eine kann dies, der andere das«, murmelt Mama. »Nicht jeder kann alles.«

Till und der kleine Prinz

Till ist heute ganz aufgeregt. Alle im Umkleidezimmer sind aufgeregt. Denn heute tanzen sie vor. Alles, was sie schon können, und eigentlich noch viel, viel mehr. Eine echte Aufführung mit Kostümen und allem. Eine Aufführung auf der Bühne.
Sie führen für ihre Eltern und Freunde den »Kleinen Prinzen« auf.
Wie oft haben sie das geübt. Wie oft ist der kleine Prinz auf die Erde gekommen, ist einfach so hineingetanzt und hat gesagt: »Ich suche einen Freund auf der Erde, einen echten Freund!«
Till ist ganz schwindelig, so aufgeregt ist er. Er steht dort mit einem weißen Turnhemd, einer engen dunkelroten Hose und einer goldenen gebastelten Krone auf seinem Kopf. Die Krone sitzt ganz fest, damit sie beim Tanzen nicht runterfällt.

Jetzt geht es los. Es ist ganz still im Saal, der Vorhang geht auf. Till schaut in ein grelles Licht. Das sind die Scheinwerfer. Und hinter den Scheinwerfern sitzen hundert und tausend Papas und Mamas und Omas und Opas und Tanten und alles.
Till tanzt nach vorne und sagt: »Ich suche einen Freund auf der Erde. Wo kann man einen Freund finden?« Der kleine Prinz muss sich umschauen und überall suchen.
Kurz darauf findet er einen Freund: den

Fuchs. Susanne ist der Fuchs. Sie hat einen langen, buschigen Schwanz, den sie hinter sich auf der Bühne hin und her zieht. Der Fuchs und der kleine Prinz werden dicke Freunde. Und das geht so: Der Fuchs hat dem kleinen Prinzen erklärt, dass er ihn zähmen muss, dass sie jeden Tag einen Schritt näher zueinander kommen können. So geht zähmen. Und das machen sie jetzt vor.

Sie tanzen wunderbar.

Und immer wenn Abend ist in der Geschichte, kommen Katharina und Peter auf die Bühne und breiten ein großes dunkelblaues Tuch über die beiden. Das ist das Dunkel der Nacht. Und Katharina hängt einen Mond auf. Und wenn Morgen ist, tanzen sie wieder auf die Bühne und nehmen das große blaue Nachttuch wieder weg. Peter nimmt den Mond mit.

Der kleine Prinz und der Fuchs, Till und Su-

sanne, sind jetzt dicke Freunde. Sie stehen zusammen. Ganz eng. Fast gekuschelt. Und trotzdem, der kleine Prinz hat noch eine Freundin, die Rose. Nach der sehnt er sich. Er erzählt, dass sie ganz weit weg lebt, auf einem Stern, von dem er kommt. Dahin will er zurück. Zu seinem Stern. Und zu seiner Rose.

Mathilde ist die Rose. Sie ruft ihren kleinen Prinzen. Mathilde kommt in einem Scheinwerferstrahl auf die Bühne. Da können sie alle die Rose direkt vor sich sehen. Und der Prinz geht hinter ihr her, immer einen Schritt nach dem andern. Immer weiter weg. Im Scheinwerferstrahl. Er dreht sich nur noch einmal um, dann geht er weiter hinter der Rose her. Er ruft: »Tschüss, Erde, tschüss, Fuchs, tschüss, mein lieber Freund.«

Dabei müssen alle anderen auf der Bühne den Kopf sinken lassen. Damit zeigen sie, dass sie weinen. Das hat Frau Blume so mit ihnen geübt. Der Fuchs, die Nacht, der Morgen. Alle lassen den Kopf sinken. Denn wenn ein Freund fortgeht, ist man traurig und weint.
Doch auf einmal steht Susanne auf der Bühne und weint echt. Katharina und Peter stehen daneben. Auch sie müssen auf einmal weinen.

»Komm schon«, flüstert jemand. »Wir sollen auf der Bühne nicht weinen.«

Die Musik ist zu Ende. Susanne, Katharina und Peter stehen immer noch da. Und Susanne weint, Katharina weint, Peter weint.

Alles ist still. Ein Zuschauer fängt an zu klatschen, dann noch einer. Schließlich klatschen alle.

Katharina und Peter schauen hoch. Alle klatschen.

Ein Vater steigt auf die Bühne und schüttelt Susanne, Katharina und Peter die Hand. Dann dreht er sich zu den anderen Kindern um und sagt ganz laut: »Das Beste war, dass ihr gezeigt habt, wie traurig ihr wart. Denn euer Freund, der kleine Prinz, ist weggegangen. Dann ist man traurig und weint.« Da schauen Katharina, Peter und Susanne hoch und freuen sich. Obwohl sie ja noch traurig sind. Sie freuen sich, weil alle das verstanden haben. Denn wenn ein Freund weggeht, ist man traurig. Auch auf der Bühne.

Tinkas Wunschzettel

Tinka ist jetzt schon ziemlich lange im Ballett. Sie kann schon eine Menge Schritte. Sie hat ganz viel geübt. Sie kann die Beinpositionen wie im Traum. Sie kann die Armpositionen wie im Traum. Sie kennt ein Plié und ganz viele andere, noch viel kompliziertere Sachen. Sie kann sogar schon fast einen Spagat.

Da hat Tinka eine Idee. Sie macht einen Wunschzettel für den nächsten Geburtstag

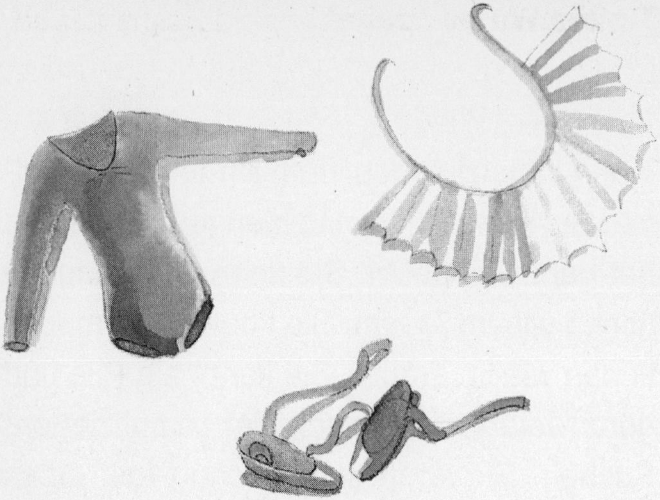

oder für Weihnachten. Für alle Fälle, Wunschzettel darf man immer machen. Und was wünscht sich Tinka?
Einen Fußwärmer, den kann Mama stricken.
Ein Tutu, wenn sie eine ganz tolle Ballettaufführung hat.
Ein hellblaues Trikot. Denn wenn man in den dritten Kurs kommt, müssen alle hellblaue Trikots haben. Und dazu will sie passende hellblaue Ballettschuhe. Ob sie das wohl alles bekommt?

Doch sie hat noch einen ganz, ganz riesengroßen Wunsch. Den schreibt sie auf einen Extrazettel. Den darf keiner sehen! »Ich will Tänzerin werden.« Das ist aber völlig und total geheim. So etwas kann man sich natürlich nicht zum Geburtstag wünschen und nicht zu Weihnachten!

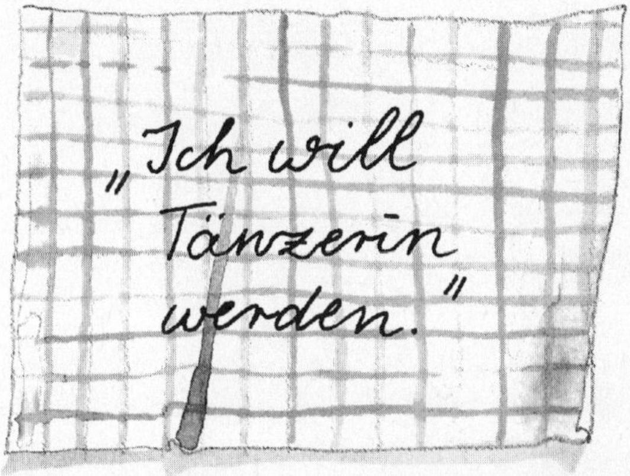

Da liegt plötzlich vor Tinka eine Wimper auf dem Tisch. Tinka weiß, wenn man die Wimper auf den Handrücken legt, fortbläst und sich dabei etwas ganz doll wünscht, dann geht es in Erfüllung. Man muss es nur geheim halten. Tinka legt die Wimper auf den Handrücken und bläst vorsichtig. Die Wimper fliegt fort. Tinka wünscht sich etwas völlig total Geheimes. Danach nimmt sie den Zettel, auf dem ihr Wunsch steht, faltet ihn

ganz klein zusammen und versteckt ihn in der Schublade am Bett. Da findet ihn keiner, da bleibt ihr Wunsch völlig total geheim. Vielleicht, bis er in Erfüllung geht.

Abenteuergeschichten

Bilder von Wilfried Gebhard

Feueralarm

Eigentlich ist es schon viel zu spät für Stefan. Um zehn Uhr noch auf der Straße! Aber er konnte ja nur noch mit diesem Bus kommen, nachdem der Zug so spät war. Den Zug vorher hatte er verpasst. Er hatte die Oma aus der Stadt angerufen, dass sonntags leider nur noch der Zehn-Uhr-Bus in ihr Dorf fährt. Oma hätte sich nämlich sonst Sorgen gemacht.

»Setz dich in ein Gasthaus, Stefan. So, dass der Wirt dich sieht. Du darfst eine Bockwurst

essen und zwei Cola trinken auf meine Kosten. Aber sei vorsichtig.« Dann sagte sie zögernd: »Und um zehn Uhr kann ich dich nicht mehr vom Bus abholen. Da kommst du einfach über den Marktplatz durch die Querstraße, husch, zu mir. Ich freue mich schon.«
»Ich mich auch, Oma«, hatte Stefan gesagt. Jetzt war Oma beruhigt. Stefan hängte ein. Er musste noch fast eine Stunde auf den Bus warten.
Gut, dass Oma sich nicht aufregte. Oder Mama anrief. Das konnte er nicht leiden, wenn alle verrückt spielten. Zehn Uhr. Es war doch babyleicht, zu Oma zu finden.
Der Bus kommt und fährt mit Stefan los. Er steigt am Marktplatz aus. Den muss er überqueren. Es riecht so komisch hier. Nach Qualm, nach Grillen, nach Feuer.
»Ach Quatsch, Stefan«, denkt er, »geh ganz schnell zu Oma.«
Aber es stinkt so. Er bleibt stehen und schnuppert. Es riecht nach Feuer! Ganz

deutlich. Er schaut sich um. Kein Mensch ist draußen. Der Marktplatz ist leer. Und es ist dunkel.

Die Straßenlaternen erleuchten die Ecken. Der Rucksack ist schwer. Omas Dorf ist immer tot abends nach neun Uhr. Er dreht sich noch mal um. Da, ein Schein, Rauch! Dann ist es wieder dunkel.

Wie Flammen, die züngeln und dann wieder kokeln, sich verstecken. So sah das aus. Aber das kann ja nicht sein.
Aber es riecht, Mann! Er geht in Richtung des Feuers. Da sieht er plötzlich einen rennen. Der schaut sich um und sieht ihn, obwohl Stefan sich schnell in einen Hauseingang verdrückt. Jetzt rennt er weg. Groß, dünn, ganz kurze Haare.
Auch das Gesicht hat Stefan gesehen, wenn auch nur ganz kurz. Angst. Große Augen.
»Ich ruf die Feuerwehr«, denkt Stefan. »Ich muss die Feuerwehr rufen.«
Er rennt die paar Schritte zurück zum Marktplatz. Hat er noch Groschen? Oder braucht

man die nicht für einen Notruf? Egal. Er hat drei Groschen. Wenn sie wieder herausfallen, ist es auch gut.
Die hatte Mama ihm eingesteckt. Extra für den Notfall. Und das ist einer. Seine Hand zittert, als er sie einwirft. Eine Münze fällt daneben. Das dauert, und da hinten brennt es.
Er wählt 110. Gut, dass die Telefonzelle mitten auf dem Marktplatz steht.
Sonst hätte er Angst.

»Hier Polizeizentrale«, sagt eine dunkle Stimme.

»Hier Stefan«, stottert Stefan. »Es brennt auf dem Marktplatz, in der Nähe.«

»Weißt du, wie die Straße heißt?«, fragt die Stimme.

»Nein«, sagt Stefan. »Und«, fügt er hastig hinzu, »ich hab einen wegrennen sehen.« Er hängt ein.

»Wir kommen«, hat die Stimme gesagt. Stefan bleibt in der Telefonzelle. Er wartet. Dabei muss er doch zu seiner Oma. Und der Rucksack drückt auch schon ganz schön. Schnell der Oma Bescheid geben. Es stinkt jetzt immer mehr nach Brand.

Hat er noch genug Groschen? Ja. Sie sind unten in der Münzausgabe. Er hat sie gar nicht gebraucht. Seine Hand zittert immer noch.

Er wählt. »Hallo«, sagt seine Oma.

»Ich bin schon auf dem Marktplatz«, sagt Stefan hastig, »es brennt hier in der Nähe. Ich habe die Feuerwehr gerufen.« Da kommt sie schon mit großem Tatütata. Das kann auch Oma hören.

»Was sagst du da? Komm aber bald«, sagt Oma.

»Ich muss jetzt Schluss machen«, flüstert Stefan. Er hängt ein.

Wieder Tatütata. Zwei Feuerwehrwagen und Polizei.
Stefan geht auf die Polizisten zu.
»Ich habe angerufen«, sagt er stolz.
»So spät bist du noch auf der Straße?«, fragt der Polizist.
Stefan erklärt ihm alles. Die Feuerwehr hat inzwischen die Leiter ausgefahren und die Schläuche angeschlossen. Die Feuerwehrleute rennen. Das Löschen beginnt. Das Feuer ist nun schon mächtig. Der Qualm liegt schwer über dem Marktplatz. Ob sie das noch schaffen?
Leute kommen aus den Häusern gelaufen.
Es brennt im oberen Stock und unten im Keller eines Hauses.
»Seltsam«, sagt der Brandmeister. Stefan muss den, der weggelaufen ist, beschreiben. Viel hat er ja nicht gesehen, aber immerhin.

Er hat mitbekommen, dass einer wegrannte. Sogar Reporter kommen, und Stefan wird gefragt. Und fotografiert. Der Brand ist jetzt unter Kontrolle.

»Gerade noch früh genug«, sagt der Brandmeister und klopft Stefan auf die Schulter.

»Aber wir müssen die ganze Nacht aufpassen, es könnte sich wieder entzünden.«
Alle fragen Stefan. Er ist stolz und erzählt und erzählt, bis endlich Oma kommt und sie beide heimgehen.

Zwei Tage später ruft Oma aufgeregt nach ihrem Enkel. »Schau mal, Stefan, was hier steht!«
Omas Zeigefinger deutet auf einen größeren Artikel in der Tageszeitung.
»Mensch, das ist ja spannend!« Stefan kriegt ganz rote Ohren.
Und dann lesen sie beide:

Trixi wird entführt

»Das gibt's doch nicht! Sie haben meine Trixi entführt. Drei Jahre ist sie alt und der klügste Hund der Welt. Wir haben immer so viel Spaß zusammen. Und jetzt ist sie einfach weg.«
Eva steht mitten zwischen ihren Freundinnen und weint. Sie kann es einfach nicht begreifen. Sie haben sie entführt.
Das hatten sie zwar angekündigt. Aber dass die das wirklich getan haben! Hoffentlich ist ihr nichts passiert.
»Trixi ist ein lieber Hund«, tröstet Assy sie. »Der Trixi tut keiner etwas.«

»Wir müssen sie suchen«, sagt Eva. »Wir müssen etwas tun!«
Lotte überlegt: »Hinten am Schuppen können wir noch gucken und im Hinterhof Beckstraße.«
»Aber da müssen wir aufpassen«, gibt Assy zu bedenken. »Da können die Jungen uns leicht von hinten umzingeln.«
»Irgendwie ist das fies«, murmelt Lotte. »Aber irgendwie waren wir ja auch ganz schön fies.«
Es stimmt. Sie nicken alle. Dabei wollten sie das gar nicht.
Sie hatten den kleinen Moritz gefangen. Sie, das sind fünf Mädchen, eine Mädchenbande fast. Und Moritz ist der kleine Bruder von Leon.
Leon muss häufig auf ihn aufpassen. Sie waren hinter den Jungen hergerannt, die sind nämlich auch eine Bande. Und Moritz war nicht so schnell. Sie hatten ihn in ihr Versteck im Gartenhaus von Evas Tante ge-

bracht und ihn dort eingeschlossen. Dann hatten sie sich vor das Gartenhaus gesetzt und besprochen, was sie mit Moritz machen wollten.
Moritz weinte drinnen.
»Das ist unfair«, sagte Lotte. »Kleine nimmt man nicht mit.«
»Wir bringen ihn ja gleich zurück«, beruhigte Eva sie.

Und danach hatten sie den Bandenpfiff der Jungen gehört – und sich verdrückt. Mit dem Schlüssel in der Hosentasche. Ganz schön feige war das. Sie hätten sich um Moritz kümmern müssen.
Nach drei Stunden gaben die Jungen endlich ihre Belagerung des Gartenhauses auf. Moritz schluchzte nur noch leise. Die Mädchen gingen sofort zu ihm in die Gartenlaube. Dort saß er, verschmiert und verheult.
»Wir bringen dich sofort zurück.«

Und dann brachten sie ihn nach Hause. Leon hatte Ärger gekriegt mit seinen Eltern …
Aber all das hatten sie nicht gewollt. Wirklich nicht! Weder den kleinen Moritz hatten sie festhalten wollen noch Leon hatten sie Ärger machen wollen.
Und am nächsten Mittag war Trixi nicht da. Eva war noch Hause gerannt, rief wie jeden Mittag nach Trixi. Aber sie war nicht da. Sie suchte alles ab: den Boden und den Keller, die Schlafzimmer und die alte Küche. Als sie schließlich auf der Straße nach Trixi rief, sagte ihr Oma Schober, die immer im Fenster lag: »Die Jungen haben eben Trixi geholt. Sie ist friedlich mitgegangen.«
Eva rannte sofort zu Lotte, Assy, Luisa und Anne. Aber keine wusste Rat. »Wir müssen sie suchen.« Sie hatten überall geschaut. Nur beim Schuppen noch nicht. Das fiel ihnen erst jetzt ein.
»Kannst du denn Trixi erkennen, auch wenn sie leise knurrt?«, fragt Lotte.

»Ich höre Trixi, wenn sie nur ein kleines Geräusch abgibt«, sagt Eva.
Sie gehen zum Schuppen und schleichen sich nahe heran. Eva hat den Finger auf dem Mund. Alle sind ganz still. Da hört sie ein Fiepen. Trixi! Sie ist wirklich im Schuppen! Und sie lebt. Wie geht es ihr? Ob sie Angst hat? Und ob Trixi sie auch erkennt?
Eva schaut durch das Fenster in den Schuppen. Ihre Augen müssen sich erst an das Dunkel gewöhnen. Da ist Trixi. Ganz klar!
Warum bellt sie denn nicht? Eva blinzelt angestrengt hinein. Jetzt sieht sie es: Sie haben Trixi die Schnauze mit dem Halstuch zugebunden. Gemein ist das! Ganz gemein.
Eva möchte am liebsten reinstürmen.
»Warte, Eva«, flüstert Lotte. »Ich gehe vor.«
Was will sie? Sie geht nach vorne vor den Schuppen. Da sitzen die Jungen. Eva will sie festhalten. Aber dann geht sie einfach hinterher, wegen Trixi. Lotte ist fast bei den Jungen.

Sie hebt beide Hände.
»Friedensverhandlungen«, ruft sie den Jungen zu.
Ist die denn doof? Was macht Lotte?
Die andern sind verwirrt und wütend. Durcheinander. Aber zögernd gehen sie schließlich alle. Sie sind ja eine Bande. »Friedensverhandlungen«, wiederholt Lotte, »und was

wir mit Moritz gemacht haben, war unfair. Dafür möchten wir uns entschuldigen.«

Eigentlich ist das gut von Lotte. Aber sie hätte das ja mit ihnen besprechen können.

Lukas pfeift durch die Zähne. Keiner tut etwas. Alle staunen erst mal.

Ob die Jungen Frieden schließen? Sie gehen hinter den Schuppen und beratschlagen. Schließlich nehmen die Jungen an. Unter einer Bedingung:
Dass ab jetzt jeder versucht, fair zu sein.
Lukas streckt den Mädchen die Hand entgegen.

Die Mädchen nehmen das Friedensangebot an.
Trixi ist wieder bei Eva. Aber es hat sich etwas verändert.
Die fünf Mädchen und Jungen haben sich zusammengeschlossen.
»Zusammen sind wir stark«, haben sie gesagt.
Jetzt wollen sie sich gemeinsam gegen die aus dem elften Block wehren.
Zu zehnt macht es mehr Spaß.
»Und man ist stärker«, sagt Lotte. Trixi pfeift.
Obwohl sie ja jetzt wieder bellen kann.
Das rote Halstuch trägt sie wieder um ihren Hals.

Der Fahrraddiebstahl

»Ich fahre nur ein bisschen raus«, ruft Jakob seiner Mutter zu. Einfach das neue Fahrrad ausprobieren, Tempo machen …
»Komm aber in einer halben Stunde zurück, wir wollen doch neue Turnschuhe kaufen!«
»Klar, Mama«, ruft er und ist schon um die Ecke.
Er schnappt sich sein Fahrrad und rast los. Im Hauseingang hört er etwas. Aber er achtet nicht drauf.
»Da ist er.« Noch einmal. Aber das ist alles, was er hört.

Jakob tritt in die Pedale. Das Fahrrad zieht schnell an. Er biegt in den Waldweg ein. Hier kann er richtig durchtreten. Die Bäume sausen vorbei. Das Grün oben, Sonnenstrahlen, die blitzen. Er rast. Aber ein Geräusch im Rücken stört ihn. Vierzig Stundenkilometer zeigt der Tacho. Mal sehen, was er rausholen kann! Den Kopf mit dem neuen gelben Fahrradhelm gegen den Wind gestemmt, liegt er fast auf dem Fahrrad. Weiter.

Doch plötzlich ist da jemand. Er stellt sich ihm in den Weg. Ein großer Mann mit Schnurrbart. Jakob kann gerade noch rechtzeitig bremsen. Sofort stellen sich noch zwei andere daneben.

»Da haben wir dich ja, Bürschchen.«

Was soll das? Das muss ein Versehen sein.

»Sie irren sich«, sagt Jakob.

Er steht neben dem Fahrrad. Sofort fassen sie ihn.

»Was soll das?«, ruft Jakob.

Er versucht, sie abzuschütteln. Aber sie sagen etwas ganz Komisches: »Erst Fahrräder klauen und dann den Unschuldigen spielen. Das haben wir gerne.«
Sie halten ihn fest. Er hat Angst. Aber Schreien nützt nichts. Hier im Wald hört ihn ja keiner. Er holt tief Luft.

»Aber ich habe das Fahrrad vor einer Woche zum Geburtstag bekommen.«
Die haben sich vertan, das ist ganz klar. Die suchen einen Fahrraddieb. Aber er hat ja schließlich kein Fahrrad geklaut.
»Kann ja jeder sagen, Bürschchen«, lachen sie. Jetzt fassen sie ihn am Arm: »Komm mal mit.«
»Ich hab aber wirklich nicht«, sagt er.
»Halt die Klappe!« Sie packen sein Fahrrad, und Jakob muss mitgehen.
»Schneller«, sagen sie, »schneller!«
Was wollen die? Die gehen zum Fahrradhändler. Das gibt es doch gar nicht. Da haben Papa und Mama sein Fahrrad gekauft.
»Da haben wir ihn.« So stellen sie ihn dem Fahrradhändler vor. Er schaut den Fahrradhändler an. Er will etwas sagen.
»Klappe«, sagen die Männer und puffen ihn.
»So, Bürschchen«, beginnt der Händler. »Wie hast du das denn geschafft?«
»War ja nicht so schwer, das Fahrrad stand

ja hier«, sagen die Männer, die ihn eben festgenommen haben. Sie lassen ihn gar nicht reden.
Der Fahrradhändler kennt Jakob natürlich nicht. Es waren ja Papa und Mama, die vor zehn Tagen hier waren, um das Fahrrad zu kaufen. Er war nicht dabei. Es sollte schließlich eine Überraschung zum Geburtstag sein.
»Aber ich habe nichts gemacht. Wir können meine Mutter anrufen, die hat eine Rechnung von diesem Fahrrad.«

Die Männer reden weiter.

Der Fahrradhändler überlegt und wird stutzig.

Endlich.

»Sollen wir?«, fragt er. »Sollen wir zu deiner Mutter gehen?«

»Der lügt«, behaupten die Männer. »Brauchen Sie nicht. Der will sich nur rausreden!«

Sie reden wieder alle durcheinander.

Der Fahrradhändler geht zum Telefon. Aber er ist schlau. Er hat begriffen. Er ruft erst

ganz schnell die Polizei an, dann wählt er langsam die Nummer von Jakobs Mutter.
Er sagt zu ihr: »Wir haben hier Ihren Sohn. Er hat genau das Fahrrad, das mir gerade gestohlen worden ist. Ein paar Männer, die das beobachtet haben, sind hinter ihm hergefahren und behaupten, er hat es gestohlen.«
»Das kann nicht sein«, sagt die Mutter. »Unser Fahrrad ist gekauft. Ich komme sofort mit der Rechnung. Vielleicht«, fügt sie hinzu, »haben ja die Männer selbst das Fahrrad geklaut.«
Der Fahrradhändler legt auf. Er beobachtet die Männer. Sie wollen sich verziehen. Er zwinkert Jakob zu.
Was soll das? Er fasst ihn fest am Arm.
»Hilf mir«, flüstert er, »wir müssen sie hinhalten.«
Doch die Männer merken, was los ist, und wie auf Kommando drehen sie sich um und wollen verschwinden.

Aber da biegt die Polizei um die Ecke.
Die Männer rennen. Einen erwischt die Polizei sofort. Er spuckt aus.
»Mist«, schimpft er.
»So ist das«, seufzt der Fahrradhändler. »Selber etwas klauen und einen anderen

verdächtigen. Und ich wäre fast drauf reingefallen.« Er wischt sich die Stirn. Dann entschuldigt er sich.
Und als Trost darf Jakob sich eine super Klingel aussuchen.
»Danke«, sagt er. »Darauf spar ich ja gerade!«
»Hast dir ja auch genug gefallen lassen müssen, mein Freund.« Der Fahrradhändler zwinkert ihm zu.

Die Mondrakete

»Was wünschst du dir denn zum Geburtstag?«, fragt Mama.
»Eine Rakete«, sagt Jana zum hundertsten Mal. »Ich will Astronautin werden, Mama.«
Mama legt die Stirn in Falten. Wie soll sie das machen? Sie kann Jana wirklich keine Rakete zum Geburtstag schenken. Es geht einfach nicht.
Heute hat Mama Zeit. Da will sie in die Stadt gehen und sich nach einem Geschenk für Jana umschauen. Aber eine richtige Rakete kann sie bestimmt nicht bekommen. Sie

sucht und sucht. Schließlich findet sie einen Bettbezug mit Raketen drauf und ein Geschichtenbuch über Raketen, Raketenbau und die erste Rakete auf dem Mond. Und dann findet sie noch einen Bausatz für eine Rakete aus Plastik. Aber die ist höchstens 40 Zentimeter hoch. Da kann Jana nicht einsteigen. Mama weiß jetzt schon, dass Jana enttäuscht sein wird. Aber es gibt keine Rakete. Sie kauft das Buch und den Bausatz. Und da ihr der Bettbezug zu teuer ist, kauft sie einen weißen und malt mit Stofffarbe eine riesige,

silbern glitzernde Rakete drauf und schreibt daneben: »Janas Rakete«.

Der Geburtstag wird ein richtiger Reinfall. Jana hat sich eine Rakete gewünscht und bekommt sie nicht. Darum ist sie sauer, traurig und wütend. Sie knallt ihre Zimmertür zu. Weg ist sie! Papa, Mama und Opa teilen sich allein die Geburtstagstorte.

Schließlich, es wird schon dunkel, geht Opa zu ihr hinauf.

»Wo bist du denn, Jana?«

Keine Antwort.

»Wo bist du, Jana?«

Beim dritten Mal meldet sich Jana endlich. Sie hat unter der Bettdecke gelegen und vor sich hin geweint. Sie ist einfach enttäuscht.

Opa setzt sich an ihr Bett.

»Warum weinst du denn?«, fragt Opa.

»Weißt du doch«, sagt Jana.

»Soll ich dir eine Geschichte erzählen?«
»Wenn du willst«, sagt Jana.
Und da fängt Opa schon an:
»Da war einmal ein Mädchen, das wünschte sich zum Geburtstag eine Rakete.
Papa und Mama und Opa wollten ihr ja gerne eine Rakete schenken. Aber sie konnten keine bekommen. Die Mama ging von Ge-

schäft zu Geschäft und fragte: ›Haben Sie eine Rakete?‹ Aber die Verkäufer und Verkäuferinnen schüttelten nur den Kopf und sagten: ›Nein.‹
Die Mama ging wieder nach Hause.
Der Papa fragte seine Kollegen: ›Wisst ihr, wo man eine Rakete bekommen kann?‹ Aber sie schüttelten nur den Kopf und wussten es auch nicht.
Der Opa schrieb einen Brief nach Amerika an einen Astronauten und war ganz traurig. Denn er bekam keine Antwort!«
Jana steckt jetzt endlich den Kopf aus dem Bett.
»Stimmt das echt?«, fragt sie.
»Ja«, sagt Opa. »Das stimmt echt. Aber die Geschichte ist noch nicht zu Ende.«
Er holt tief Luft. Er schielt zu Jana hinüber. Die sitzt jetzt an Opa gelehnt. So sitzt sie oft, wenn er Geschichten erzählt.
»Da überlegte sich der Opa etwas ganz Besonderes. Wenn wir schon keine Rakete be-

kommen, dann will ich wenigstens mit meiner Enkelin eine Flugzeugfabrik besichtigen. Das ist doch bestimmt spannend für eine, die Astronautin werden will. Dann kann sie schon mal sehen, wie Flugzeuge gemacht werden. Das muss eine Astronautin ganz bestimmt wissen.«

»Muss eine Astronautin das wirklich?«, fragt Jana.

»Ja«, sagt Opa und erzählt weiter: »Und der Opa verabredete mit der Flugzeugfabrik für den Geburtstag eine Besichtigung für Papa, Mama, Opa und natürlich das Mädchen.«

»Stimmt das echt?«, fragt Jana.

Opa nickt.

»Und wann fängt die Besichtigung an?«, fragt Jana.

»Wieso?«, fragt Opa.

»Die echte Flugzeugbesichtigung«, lacht Jana.

»In 30 Minuten«, sagt Opa, »aber wir müssen noch 20 Kilometer fahren.«

»Dann mal los«, ruft Jana. Sie stürzt nach unten zu Mama und Papa.

Fünf Minuten später sitzen alle vier im Auto, ein Stück Geburtstagstorte auf dem Schoß, und fahren zur Besichtigung.

»Mensch, bin ich gespannt!«, ruft Jana.

»Ich auch«, sagen die anderen.

»Ob wir das noch schaffen?«, fragt Papa.

Mama sitzt am Steuer. »Wenn kein Stau kommt«, sagt sie.
Sie kommen zügig voran.
Um genau 17.30 Uhr sind sie da.

»Mensch, ist das groß«, staunt Jana.
Sie gehen in die Flugzeughalle. Ein Monteur erklärt sehr viel. Jana darf in ein Cockpit einsteigen.
»Flugzeuge sind ja fast wie Raketen«, sagt Jana. Sie überlegt.

»Vielleicht«, meint sie dann, »vielleicht werde ich Pilotin.«

»Oder Flugzeugbauerin«, sagt Opa. »Oder vielleicht auch Astronautin!«

Da müssen sie alle lachen.

Sie fällt ihren Eltern und Opa um den Hals.

»Ihr seid die besten Eltern der Welt – und der beste Opa«, sagt sie zu ihnen.

»Auch wenn wir manchmal so doof sind und dir keine Rakete schenken?«

»Ja«, sagt Jana. »Das war wirklich mein bester und schönster Geburtstag.«

Sie beißt sich auf die Lippen, und dann sagt sie noch etwas: »Es gibt halt Wünsche, die kann man einfach nicht erfüllen. Und so war das mit meiner Rakete.«

Schatten in der Nacht

Tina schläft fast. Sie blinzelt noch einmal zu Laura hinüber, und schon atmet sie tief durch. Sie ist eingeschlafen.
Das war genau das, was die zwei sich gewünscht hatten: eine Nacht im Zelt im Garten. Zum Geburtstag hatte Opa ihr dieses Zelt geschenkt, und Luftmatratzen und Schlafsäcke hatten sie noch im Keller gehabt.
»Wenn es nicht regnet, schlafen wir draußen«, hatten Tina und Laura verabredet, »am Anfang der großen Ferien.«
Beide Mädchen schlafen fest. Es ist ziemlich

dunkel im Garten, nur ein schmaler Mond und die Straßenlaterne geben ein bisschen Licht.

Da wird Tina wach. Sie blinzelt zu Laura. Der Schlafsack ist leer. Sie blinzelt noch mal zu Laura. Laura ist nicht da. Tina ist sofort hellwach. Sie schaut sich um und sieht, dass sich etwas bewegt. Ein Schatten huscht über die Zeltwand! Sie kann ihn ziemlich genau erkennen. Eine Frau – oder ein Mann? Die langen Beine! Da schleicht sich einer an. Wo ist Laura? Sie wollte ihr

doch Bescheid sagen, wenn sie zur Toilette müsste. Das war so abgesprochen. Der Schatten bewegt sich schneller. Die haben Laura geholt! Und gleich ist sie dran. Der Schatten geht jetzt hinten um das Zelt herum. Tina stockt der Atem. Ihr Herz klopft. Hilfe, Mama! Aber Tina kriegt kein Wort heraus. Sie zittert.

Plötzlich kitzelt ihre Nase. Sie kitzelt und kitzelt. Gleich muss sie niesen. Tina verzieht

sich in den Schlafsack. Was hat Oma immer gesagt: Die Nase reiben. Das Kribbeln wird sanfter. Sie drückt ihre Nase ganz fest zu. Dann kann sie nicht mehr kribbeln.
Der Schatten kommt wieder näher.
Hilfe! Jetzt kann sie nicht mehr. »Hatschi!«
Es ist mucksmäuschenstill.
»Die werfen gleich einen Sack über mich«, denkt sie.
Doch da ist Lauras Stimme! Laura steckt den Kopf ins Zelt.
»Bist du wach?«
Tina starrt Laura an. Die hat vielleicht Fragen. Und wo sind die Männer?
»Ich habe mein Silberkettchen verloren«, sagt Laura. »Ich habe es plötzlich gemerkt. Ich muss es vor dem Zelt auf dem Rasen verloren haben. Ich wollte dich nicht wecken …
»Und ich dachte …« Und Tina erzählt alles. Sie hocken nebeneinander im Zelt. Sie erzählt von dem Mann und der Frau, dem Schatten und dass sie dachte, es wäre ein

Räuber. Und auch von dem Niesen und Kribbeln. Mensch, war das schlimm. Sie holen beide Luft und atmen tief durch.

»Und, hast du es wieder, dein Kettchen?«, fragt Tina.

»Nein.« Laura ist traurig.

»Wie wäre es hiermit?« Tina hat etwas Glitzerndes neben Lauras Luftmatratze gesehen. Sie hebt es hoch. Es ist das Kettchen.

»Gott sei Dank«, seufzt Laura.

»Finderlohn und Schmerzensgeld«, lacht Tina.

»Aber ab jetzt«, murmelt Laura, als sie sich in den Schlafsack gekuschelt hat, »ab jetzt gilt: Wer aufsteht, weckt den andern. Ehrenwort?«

»Ehrenwort«, murmeln beide. Dann schlafen die zwei ein. Nur der Mond ist noch wach, und der Wind wiegt die Schatten der Bäume.

Die Flaschenpost

Wie immer spielten Lissy und ich am Fluss. Mama hatte das nicht so gerne. Trotzdem, es machte am meisten Spaß. Wir wollten flache Steinchen auf dem Wasser hüpfen lassen. Die Strömung war heute so ruhig, dass es klappen konnte. Plötzlich stieß Lissy einen Schrei aus: »Schau, schau mal da!«
Ich schaute angestrengt. Dann sah ich es und rief: »Eine Flaschenpost!« Und wirklich, da schwamm eine grüne, durchsichtige Flasche, mit einem Korken verschlossen, halb

auf, halb im Wasser. Sie schlingerte mitten im Fluss herum.

In Windeseile hatte ich meine Schuhe ausgezogen und watete in das Wasser hinein. Das war genau das, was wir nicht durften, weil die Strömung stellenweise sehr stark war. Aber heute war es wirklich nicht so gefährlich. Der Fluss war sehr ruhig. Ich watete, aber das ging langsam. Ich war fast da. Genau in dem Augenblick tat die Flasche einen Ruck, und schon war sie ein Stück

weiter. Ich tapste hinter ihr her. Das war gefährlich. Aber schon hatte ich sie in meiner Hand. Eine echte Flaschenpost! Ich tastete und kämpfte mich gegen die Strömung langsam ans Ufer. Meine Beine waren voller Schlamm. Wie würde ich das bloß abbekommen, ohne dass es Mama sah!

Aber das war jetzt nicht wichtig. Die Flaschenpost lag vor uns. Wir schauten sie gespannt an. »Und wenn da jetzt ein Geist herauskommt? In dem Augenblick, wo wir sie aufmachen?«, flüsterte Lissy.

»Quatsch«, sagte ich zu Lissy. »Da kommt doch kein Geist heraus.«

Lissy dachte immer an solche Sachen.

»Trotzdem«, entgegnete Lissy, »es kann doch sein.«

Ich dachte an alte Geschichten und Märchen. Lissy wohl genauso. Der Geist in der Flasche, der Geist im Märchen … Aber gibt es das auch in der Wirklichkeit?
Wir wollten die Flasche aufmachen. Dazu machten wir es uns im Gras gemütlich, damit wir fest saßen, und packten den Korken. Er war oben breit und ausgewölbt wie ein alter Sektflaschenkorken. So konnten wir ihn gut fassen. Lissy zog an dem Korken, ich zog an der Flasche, und schon machte es »Plopp«, und er war heraus.
Doch nichts kam, kein Geist.
Stattdessen war in der Flasche ein großer Zettel. Den hatten wir vorher schon gesehen. Er passte aber nicht durch die Öffnung. Wir schüttelten und rüttelten. Dann saßen wir ratlos davor. »Wir brauchen eine lange Pinzette«, sagte Lissy.
»Die hat meine Mama!«
Wir nahmen also unsere Flasche und rannten wie der Wind nach Hause. Dort flitzten wir

sofort ins Badezimmer. Mama fragte, wo wir uns so schmutzig gemacht hätten. Aber ich hörte gar nicht hin. Mit Mühe und nach vielen Versuchen bekamen wir den Zettel endlich heraus. Darauf stand: »Please write a letter!« Wir konnten ein bisschen Englisch, denn wir lernten es in der Schule ab der zweiten Klasse. Das hieß: »Bitte schreib einen Brief«, und weiter: »or visit us« – »oder besuch uns«, »your William, ghost of Sattemborough«, was bedeutete: »euer William, Geist von Sattemborough«.

Also doch ein Geist? Wir drehten den Zettel um und fanden auf der Rückseite eine Adresse. Sofort holten wir uns Briefpapier und Briefmarken und schrieben: »Lieber William, wir haben deinen Brief bekommen. Bist du ein Geist?«

Und tatsächlich kam eines Tages ein Brief!

»Ich bin ein Geist, und doch bin ich keiner. Ich bin ein Mensch, doch nur ein kleiner«, schrieb er und lud uns ein.

Es dauerte, bis wir unsere Eltern endlich so weit hatten, dass sie zusammen mit uns nach Sattemborough fuhren.

Aber dann fuhren wir doch. Es stürmte und regnete, wie so oft in Irland. Wir fuhren durch eine öde Landschaft.

Plötzlich tauchte ein Turm auf, und eine Mauer wurde erkennbar – ein Schloss? Oder doch nur ein Bauernhof? Wir näherten uns klopfenden Herzens. Sogar Papa war aufgeregt. Wir gingen dreimal um das Schloss herum, da öffnete sich die Hintertür.

Ein kleiner Mann begrüßte uns: William. Und fast im gleichen Augenblick kam ein Wagen angefahren, voll geladen mit seinen drei Enkelkindern.

Wir blieben fünf Tage bei William im Schloss-Haus.
Die Abende am Herdfeuer in der großen Eingangshalle waren am schönsten. Wenn er uns Geschichten erzählte von Wasser- und Schlossgeistern, Sturm und Nacht.

Tierfreundegeschichten

Mit Bildern von Wilfried Gebhard

Mama, was sind Haustiere?

»Mama, was sind Haustiere?«
Mama ist heute ziemlich genervt, weil dauernd das Telefon klingelt und sie jedes Mal wieder herausgerissen wird aus dem, was sie gerade tut.
»Mama, was sind Haustiere?«
Und weil Mama so genervt ist, sagt sie einfach schnell: »Haustiere sind Tiere, die im Haus wohnen.«
Am nächsten Tag surrt es plötzlich um Sarah herum. Es surrt und surrt. Mal oben, mal unten. Sarah hat Angst. Sie haut um sich. Da

passiert es: Sie wird von einer Wespe gestochen.
In die Hand.
»Aua«, schreit sie. Es brennt und pikst wirklich fürchterlich. Die Hand schwillt an. Mama legt ein Kühlkissen drauf, dann tut es nicht so weh. Jetzt sucht Mama in der Apothekenschublade nach einer Salbe, die sie auf Sarahs Stich schmieren kann.
Sarah versucht, ihre Hand zu bewegen. Au,

das tut weh. Die Hand ist ganz dick. Ob sie wohl morgen in der Schule überhaupt schreiben und malen kann?

Sarah denkt nach. Plötzlich fällt ihr etwas Wichtiges ein.

»Mama«, fragt sie, »ist eine Wespe ein Haustier?«

Da lacht Mama und nimmt Sarah in den Arm.

»Nein, eine Wespe ist kein Haustier.«

»Aber sie lebt doch im Haus.«

»Stimmt schon«, sagt Mama. Sie überlegt. »Aber eine Wespe gewöhnt sich nicht an die Menschen im Haus. Sie stellt sich nicht auf sie ein.«

»Mhm«, sagt Sarah. Jetzt überlegt sie.
»Und mit einer Wespe kann man nicht schmusen«, sagt Sarah. »Mit einem Kaninchen oder Hamster kann man das.«
»Mhm«, sagt Mama, das heißt, sie überlegt.
»Aber mit einem Wellensittich schmust man nicht.«
»Aber mit dem kann man sprechen«, sagt Sarah sofort, »und sich einfach wohl fühlen, wenn man mit ihm zusammen ist. Und er zwitschert, fliegt und macht Krach. Er ist bei einem. Ein bisschen wie ein Freund.«
»Das stimmt«, sagt Mama. Mehr nicht. Aber Sarah denkt nach. Lange denkt sie nach.
»Dann wünsche ich mir ein Haustier zum Geburtstag«, sagt Sarah. Denn gerade ges-

tern hatte Mama nach ihrem Geburtstagswunsch gefragt.
Sarah wünscht sich ein Haustier zum Sprechen und Spielen, zum Schmusen und Reden, einfach zum Zusammensein!

Schneewittchen bekommt Junge

»Es ist so weit!«, ruft Uta. »Es ist so weit!« Und schon ist sie weg, um möglichst alles mitzubekommen hinten im Kaninchenstall. Jörg und Tine rennen hinterher. Uta steht vor dem großen Nest, das sie gestern gebaut haben, extra für Schneewittchen, wenn sie ihre Jungen bekommt.

Schneewittchen ist ein großes, schneeweißes Kaninchen. Schneewittchen ist schon seit zwei Jahren in Utas Kaninchenstall. Aber erst jetzt, in diesem Jahr, haben sie ein zweites Kaninchen dazugesetzt.

Viele haben gesagt: »Das ist gefährlich, das kann man nicht machen, wenn ein Tier daran gewöhnt ist, allein zu sein. Weil Tiere, die lange allein sind, ein anderes anfallen könnten, wenn es plötzlich da ist.«
Aber bei Schneewittchen ist es gut gegangen. Uta hat Bommel einfach mit in den Käfig gesetzt.
Sie hat ihn in der Schule geschenkt bekommen. Bommel ist ein Kaninchen mit einem rötlichen Fell. Bommel ist kleiner als Schneewittchen. Bommel wird auch nicht größer. Er ist ausgewachsen.
Und auf einmal haben sie gemerkt, dass Schneewittchen einen dicken Bauch bekam.
»Schneewittchen bekommt Junge«, hat Mama gesagt. »Oho, da habt ihr dann aber eine große Kaninchenfamilie zu versorgen.«
»Aber die Jungen können wir doch verschenken«, hat Uta vorgeschlagen. »Ist bestimmt besser so«, hat Mama gemurmelt. »Hoffentlich will sie jemand!«

Jetzt endlich ist es so weit. Sie stehen alle um das große Nest herum. Sie haben sogar noch einen Maschendraht um das Nest gezogen, damit die Kleinen in Ruhe aufwachsen und durch die Gegend hoppeln können. Um Schneewittchen nicht zu stören, sind alle ganz leise. Schneewittchen presst. Auf einmal kommt das erste Junge heraus, ganz verschmiert.

»Igitt«, schreit Uta, aber Tine nimmt das Junge in die Hand. Sie putzt es mit Stroh ab, bis die Schmiere, die es im Bauch der Mutter geschützt hat, verschwunden ist.
Dann setzt sie es ganz nah an Schneewittchen heran. Schneewittchen bekommt noch mehr Junge. Es sind insgesamt fünf, und als

die Kinder alle abgerieben haben, sehen die Kleinen wirklich wie winzige mittelbraune Wollknäulchen aus.
Nein, da ist eins, das ist nicht einfach mittelbraun, das hat einen weißen Kopf und weiße Ohren wie Schneewittchen und ein weißes Schwänzchen. Und sonst hat es ein rötliches Fell.
Schneewittchen scheint erschöpft zu sein. Schließlich dreht sie sich um und leckt die Kleinen der Reihe nach ab. Mensch, sieht das niedlich aus!

»Wir müssen ihnen etwas zu trinken geben«, ruft Uta.

Aber Mama beruhigt sie: »Das regeln die schon selbst.« Und richtig, schon fangen die Kleinen an, bei Schneewittchen ein wenig zu saugen. Sie saugen und trinken. Und als sie dann satt sind, fallen sie fast wie reife Birnen von Schneewittchen wieder ab. Einfach süß, die Kleinen!

Uta schaut zum Himmel. »Müssen wir nicht einen Sonnenschirm aufstellen, damit hier Schatten ist?«
»Gute Idee«, sagt Mama. »Denn Sonne ist sicher nicht gut für die Kleinen.«
Uta holt mit Jörgs Hilfe den großen Sonnenschirm aus der Garage und stellt ihn auf. Dann holt sie noch Trinkwasser für Schneewittchen. Auch Futter. Im Augenblick will Schneewittchen noch nicht fressen. Sie ist zu erschöpft. Aber sie hat das Wasser und das Futter sicher sehr nötig. Im Nest liegt Schneewittchen, mit lauter kleinen Knäul-

chen um sich herum. Das sieht sehr schön aus. Und Bommel? Na, habt ihr so was schon mal gesehen? Interessiert ihn alles gar nicht – er liegt im Nachbarkäfig und schläft! »Wach auf, Bommel!«, sagt Uta. »Du hast fünf Kinder!«

Schokoladenhasen-Jagd

Willi ist der Jagdhund unseres Nachbarn. Willi jagt aber nicht nur, wenn unser Nachbar auf Jagd geht. Willi macht Jagd auf alles, was ihm vor die Pfoten kommt. Er macht Jagd auf Pantoffeln, die im Haus

herumstehen, auf Teppiche, auf Torten, Kekse, Äpfel und Bananen. Kurz, alles was sich in seiner Reichweite befindet, wird von ihm angebissen oder sogar verschlungen.

»Ein Hund muss halt erzogen werden«, sagt Mama manchmal ärgerlich, wenn Willi wieder Beute gemacht hat. Aber das ist ja die Aufgabe des Nachbarn.

Ostersonntagmorgen machen wir immer einen Spaziergang mit Papa. In der Zeit versteckt Mama Eier und Osterhasen in unse-

rem Garten. Wir sind sehr, sehr gespannt und aufgeregt. Die Sonne scheint, aber das Wetter ist noch ein bisschen frisch. Wir haben Spaß, obwohl wir sonst bei Spaziergängen ganz oft meckern.
Wir kommen zurück von unserem Spaziergang und fangen gleich mit dem Ostereiersuchen an. Und da, mitten in den Tulpen, steht der erste Schokoladenhase. Schon greife ich zu, da stürmt Willi heran, und schnapp! – weg ist der Hase. Wir reiben uns die Augen, und dann prusten wir los: Willi hat in seiner Schnauze den Osterhasen, er hält ihn an den Ohren und wedelt mit ihm herum.
Wir müssen wirklich lachen, doch dann wird Mama sauer und sagt: »Dafür hab ich ihn aber nicht versteckt! Ich möchte wirklich mal wissen, warum unser Nachbar diesen Hund nicht in seinem Garten behalten kann!«
Mama ist traurig, weit der Ostersonntag ganz anders ist als geplant.
Nach einer Stunde hat Mama sich beruhigt.

Wir haben alle Hasen und Eier eingesammelt, und nun sitzen wir auf der Terrasse und essen die Ostertorte, die Papa gestern gebacken hat.
Und da kommt Willi schon wieder angestürzt.
»Was er jetzt wohl anstellt?«, seufzt Mama.
Willi buddelt und buddelt hinten im Garten. Dann zieht er etwas aus dem Loch. Er kommt zu uns, im Maul hat er einen alten, dreckigen Knochen. Den legt er Mama auf den Schoß.
»O nein«, sagt sie. Wir müssen lachen.

»Siehst du«, sage ich, »es tut ihm Leid. Er gibt dir etwas zurück für den Schokoladenhasen.«
Willi ist schon ein lustiger Hund. Mama lächelt, und Papa sagt dazu: »Der Hund ist *doch* gut erzogen!«

Der Spaziergang

Anne hat einen Wellensittich. Er heißt Pumpernickel. Er hat blaue Federn am Körper und oben am Hals schwarzweiß gemusterte. Er sitzt auf der Stange in seinem Käfig und piept vor sich hin.

Pumpernickel fühlt sich wohl. Jeden Tag gibt Anne Pumpernickel neue Körner und frisches Wasser. Nachts hängt Anne ein Tuch über Pumpernickels Käfig, damit er seine Ruhe hat und nicht durch Licht geweckt wird,

das vielleicht von Autos auf der Straße in das Zimmer geworfen wird. So ist er auch vor Zugluft geschützt.
Es klingelt vorn an der Tür. Anne öffnet. Da steht Klara. Klara hat ihren Puppenwagen auf der Straße stehen, und darin hat sie ihr Kaninchen Bert. Das sieht sehr lustig aus, weil sie das Kaninchen mit einer Decke zugedeckt hat. Berts lange Ohren ragen über den Wagenrand.

»Ich will einen Kaninchen-Spaziergang machen. Gehst du mit?«, fragt Klara.

»Au ja«, antwortet Anne. Sie dreht sich um. Doch wen kann sie mitnehmen auf den Kaninchen-oder-was-auch-immer-Spaziergang? Die Fische von Papa kann man doch nicht mitnehmen! Die durchkreuzen nur stumm das Aquarium.
Plötzlich hellt sich Annes Gesicht auf. Sie holt aus ihrem Zimmer den alten hölzernen Puppenwagen. Für diesen Spaziergang ist er genau richtig. Sie nimmt alle Kissen heraus und rollt ihn zu Pumpernickels Käfig. Sie nimmt den Käfig hoch und stellt ihn in den Wagen. Dann geht sie zu Klara: »Wir können losgehen. Pumpernickel muss ja schließlich auch frische Luft haben.«
Pumpernickel hat sich auf die oberste Stange im Käfig gesetzt und schaut fröhlich piepsend in die Gegend. Für den Notfall nimmt Anne noch eine Decke mit, denn Wellensittiche dürfen keinen Zug abbekommen.
Jetzt ziehen sie los. Sie wollen nämlich zum Spielplatz. Anne und Klara müssen immer

wieder lachen, wenn Leute stehen bleiben und verwundert in ihre Puppenwagen schauen. Ein Tier-Spaziergang ist viel lustiger als ein Puppen-Spaziergang!

Auf dem Spielplatz ist es windig. Anne nimmt die Decke und breitet sie über den Käfig. Dabei beruhigt sie Pumpernickel: »Jetzt musst du ein wenig im Dunkeln ver-

schwinden. Ich erzähle dir alles, was auf dem Spielplatz passiert.«
Und dann beschreibt Anne die Schaukel, die Rutsche und das Labyrinth. Pumpernickel piepst unter seinem Tuch. Klara krault ihr Kaninchen hinter seinen langen Ohren, damit ihm nicht langweilig wird. Irgendwie scheint sich Bert nicht für Annes Erzählung zu interessieren.
»Ob Bert wohl frisches Gras mag?«, fragt Klara Anne.

»Klar! Neben dem Labyrinth wächst sogar Klee«, antwortet Anne.
Klara hebt Bert aus dem Wagen und setzt ihn ins Gras. Er schnüffelt, hoppelt ein wenig und frisst. »Schade, dass Pumpernickel im Käfig bleiben muss«, denkt Anne.
Als Klara sich nach den Kleeblättern bückt, passt sie einen kurzen Moment nicht auf – und schon ist es passiert!

Bert hoppelt davon. Direkt ins Labyrinth! Klara und Anne laufen aufgeregt hinterher. Nach links, nach rechts, immer tiefer in die verwinkelten Gänge. Aber Bert entwischt immer weiter.
»Ich hab ihn!«, schnauft Klara endlich er-

leichtert. »Aber wie finden wir wieder zurück?« In der Aufregung haben Anne und Klara nicht auf den Weg geachtet. Die beiden schauen sich ratlos an.

Plötzlich hören sie ein empörtes Piepsen. »Das ist Pumpernickel«, sagt Anne. »Er langweilt sich unter seinem Tuch.«

Anne und Klara laufen dem Piepsen entgegen. »Pumpernickel hat uns den Weg aus dem Labyrinth gezeigt!«, ruft Anne. »Gut, dass ich ihn mitgenommen habe.«

Oskar darf doch bei uns bleiben

Oskar ist meine Lieblingskatze. Oskar ist eine von den vier Kleinen aus Rosas letztem Wurf, und ich finde, Oskar sieht besonders niedlich aus: Er hat schwarze Punkte hinten auf dem Rücken, sonst ist das Fell weiß und grau meliert. Als er geboren wurde, sah er aus wie ein kleines, wuscheliges, schwarz-weißes Knäuel. Ein Knäuel mit Mustern. Mit Punkten und weißen Einsprengseln. Ich habe Oskar von Anfang an ins Herz geschlossen, habe ihn gestreichelt und hatte in dem Augenblick schon beschlossen, Oskar zu behalten.

Aber dann passierte es. Als Papa und Mama nicht da waren, ließen meine Freundin Eva und ich Oskar und die anderen Kätzchen ins Haus. Sie haben alles voll gepinkelt! Wir haben gewischt und gewischt. Wir haben Deo gesprüht.

Aber als Papa und Mama nach Hause kamen, sagte Papa sofort: »Was ist das für ein seltsamer Geruch?« Dann schnüffelte er und sagte: »Macht mal die Fenster auf!« Er schnüffelte weiter bis an den Teppich und schrie: »Mein guter Teppich stinkt!« Papa

fragte ärgerlich: »Ihr habt doch wohl nicht …?«, mit dem Blick auf Rosas Junge draußen.
Doch, wir hatten. Papa war sauer. So sauer, dass er kein Wort mit uns sprach. Und das ist wirklich selten bei Papa.

Als Papa und Mama am nächsten Tag zur Arbeit gingen – wir hatten Ferien –, da hab ich ein Katzenklo in die Küche gestellt und mit den Kätzchen geübt und geübt. Manchmal klappte es, manchmal klappte es nicht. Am schlimmsten war Oskar. Er machte am meisten daneben. Natürlich passten wir auf, dass Oskar nicht mehr auf Papas wertvollen Teppich machte. Aber als wir gerade meinten, wir hätten es geschafft, pieselte Oskar

wieder mitten auf das Parkett. Ich war am Ende. Was sollte ich bloß machen? Ich war traurig.

Und dann kam mein Geburtstag näher. Papa

fragte mich, was ich mir wünschte. Ich sagte: »Ich möchte Oskar behalten.«
Papa verzog das Gesicht. Ich wusste, was das hieß.
Aber vor dem Geburtstag kam noch ein Sonntag. Die Katzen waren draußen. Wir hatten jetzt schon zwei Tage nicht mehr geübt, weil Papa und Mama Freitag und Samstag zu Hause waren.
Auf einmal kratzte es an der Tür. Das waren die Katzenkinder.
Sie kratzten nicht nur, sie miauten dazu. Sie miauten nicht nur, sie fauchten dazu.

Sie wollten unbedingt in die Wohnung. Papa war genervt und sagte: »Die kommen nicht herein.«

Blöder Papa.

Und die Katzen machten Zirkus.

Bis Mama die Nerven verlor, die Terrassentür aufriss und sie einfach hereinließ.

Die Kätzchen marschierten herein zum Katzenklo in der Küche, pinkelten in das Katzenklo, drehten sich wieder um und gingen nach draußen in den Katzenkorb. Wir alle standen sprachlos daneben. So etwas hatten wir noch nicht gesehen.

Papa sagte nur: »So was!« Mama sagte nur: »Woher können die das?« Und ich dachte nur: »Es hat doch was gebracht!«

Mama meinte: »Ja, wenn das so ist …« Sie schielte zu Papa. Papa schielte zu mir und zu Mama.

»Meint ihr, Oskar könnte hier bleiben?«, fragte ich. Und dann nickten Papa und Mama. Ich fiel ihnen fast gleichzeitig um den

Hals und rief: »Das ist das schönste Geburtstagsgeschenk, das ich je bekommen habe!«

Der Hund in der Kirche

Max ist Moritz' Hund. Auf Schritt und Tritt folgt er ihm. Nur zur Schule darf er nicht mitgehen.
Und: Moritz ist neuerdings im Kinderchor. Am Sonntag singen sie beim Gottesdienst in der Kirche. Da darf Max natürlich auch nicht mit.
Heute ist Moritz zum ersten Mal im Gottesdienst dabei. Er ist morgens schon ganz früh wach und sehr nervös. Deswegen geht er heute Morgen auch nicht mit Max spazieren.
Max merkt das. Und Max läuft unruhig durch das Haus, weil er den Spaziergang braucht.

Schließlich geht Moritz los. In der Kirche steht er neben den anderen Kindern am Altar. Sie haben ein Gebet gesprochen, jetzt fangen sie an zu singen.
Plötzlich wird es unruhig. Durch den Mittelgang kommt ein Hund.
Alle Leute gucken. Der Hund geht bis nach vorn durch, setzt sich neben Moritz. Er setzt sich aufrecht hin, die Ohren spitz nach oben, genau neben ihn, als wäre auch er hier im Kinderchor.

Moritz schielt zur Seite. Ihm ist das sehr peinlich. Was soll er tun? Sein Herz klopft. Die schmeißen ihn doch raus! Er wird nie wieder mitsingen dürfen.
Aber er kann nichts machen. Soll er mit Max nach draußen gehen?
Da kommt schon der Küster und reißt an Max' Halsband. Er ist wütend. Er zieht ihn durch den Mittelgang hinaus aus der Kirche. Die Sache scheint erledigt zu sein. Jetzt fangen sie mit dem Lied an.
Da war es wieder! Schon wieder das gleiche Getrappel. Die Leute tuscheln und lachen. Sie zeigen nach hinten. Max geht durch den Mittelgang nach vorn, stellt sich neben Moritz, und dann »singt« er mit. Was für ein unglaubliches Jaulen! Tapfer singt der Chor zu Ende. Alle lachen. Moritz macht sich darauf gefasst, dass er gleich einen längeren Verweis bekommt.
Aber als der Gottesdienst zu Ende ist, kommt der Pfarrer zu Moritz und Max. Er lacht und

sagt: »Du hast aber einen feinen Hund. Nur das Singen müssen wir ihm noch beibringen, meinst du nicht auch?«

Felix ist seit gestern da

Felix ist kein Kind. Nein, Felix ist ein kleiner Hamster, der seit gestern bei uns ist.
Gestern Nachmittag wollte ich gerade meine Roller-Skates anziehen, da hörte ich ein seltsames Geräusch. Es fiepte so, als wenn da jemand um Hilfe schrie. Aber es musste jemand sehr Kleines und Schwaches sein.
Ich stand vor dem Rost des Kellerschachtes. Und als ich genau hinsah, konnte ich durch die groben Maschen ganz unten etwas Bräunliches erkennen, das sich bewegte. Wie konnte ich da herankommen?

Ich hatte eine Idee: Ich könnte in den Vorratskeller gehen und versuchen, das Tier durch das Fenster zu erreichen. Ich rannte die Treppe runter, riss das Kellerfenster auf und sah das kleine braune Tier. Das musste ein Hamster sein.

Ich rief nach oben: »Kai, komm mal runter, hier ist ein kleiner Hamster.« Aber Kai spielte oben, den interessierte nicht, ob ich rief oder nicht. Da schloss ich das Fenster wieder, stapfte wütend die Treppe hinauf und sagte zu Kai, der immer noch mit seinen Autos spielte: »Kannst du mir mal helfen? Da unten sitzt ein Hamster.«

Kai schaute hoch. »Hamster?«, fragte er und guckte mich mit großen Augen an.

Ich nickte. »Hamster!« Er hatte richtig verstanden.

Da stand er blitzschnell auf. Er sagte nur: »Zeig!«, denn Kai wünschte sich schon lange einen Hamster oder ein Meerschweinchen. Doch Mama war dagegen. Sie meinte, dass wir zu unordentlich sind. Sich um ein Tier zu kümmern bedeutet nämlich viel Arbeit.

Kai und ich stiegen die Kellertreppe hinunter. Ich zeigte Kai das kleine braune, verängstigte Tier. Mit großen Augen schaute es uns an. Es zitterte.

»Den will ich!«, rief er.

»Und ich?«, fragte ich.

»Na ja«, murmelte Kai, »wir teilen ihn uns. Aber er muss Felix heißen!«

Das konnte ja heiter werden. Aber wir hatten im Augenblick andere Probleme zu lösen. Wie sollten wir Mama überzeugen, dass wir für Felix sorgen können?
Kai beschloss, sein Zimmer aufzuräumen. Ich kümmerte mich um den zitternden Hamster. Ich suchte einen Schuhkarton als Ersatzkäfig.

Kai schaute auf die Uhr. »Wenn wir uns beeilen, können wir noch das Abendessen vorbereiten«, schlug er vor. »Das wäre eine tolle Überraschung für Mama!«
Wir wirbelten nur so durch die Küche! Kai deckte den Tisch und kochte Eier. Dann

suchten wir das Brot und nahmen Wurst und Käse aus dem Kühlschrank. Wir dekorierten den Tisch sogar mit Servietten und Blumen. Und alles nur wegen Felix!
Völlig geschafft saßen wir in der Küche und planten weiter. »Wir müssen sowieso erst mal klären, woher der Hamster kommt – falls wir das überhaupt herauskriegen«,

sagte ich. »Hoffentlich dürfen wir ihn behalten.«
Kai nickte. Dann fiel ihm ein, dass auch Felix etwas zu fressen brauchte. Also rannte er nach draußen, rupfte Gras und packte es dem kleinen Kerlchen in seinen Karton. Der

Schuhkarton sah als Hamsterwohnung ziemlich gemütlich aus, fand ich.
»Was fressen Hamster außer Gras?«, fragte ich.
»Möhren, Gemüse, Salatblätter. Natürlich auch Körner«, antwortete Kai fachmännisch.
Er holte ein Salatblatt und eine halbe Möhre aus dem Kühlschrank und legte sie zu Felix in den Karton.

Der futterte sofort los. Vielleicht hatte er schon ein paar Tage nichts gegessen! Dann stellte Kai ihm noch ein Plastikschüsselchen mit Wasser hin.
Genau in dem Augenblick kam Mama nach Hause. Sie sah ziemlich müde aus.

Sie schaute uns an. »Was habt ihr denn da?« Kai sprang hoch. »Den hat Lisa gefunden. Der ist extra für uns, weil wir nämlich endlich, endlich einen Hamster haben müssen.« Mama stand dort, stemmte die Hände in die Hüften und sagte: »Das ist ja eine schöne Bescherung! Wem gehört er denn?«
»Na – uns!«, sagte ich. »Außerdem frisst er

schon ganz eifrig unsere Möhren. Er fühlt sich wohl hier.« Ich grinste dabei.

»Mama«, Kai zupfte an Mamas Ärmel. »Mama, wenn der Felix keinem gehört, können wir ihn dann bitte, bitte behalten? Wir werden uns ganz sicher um ihn kümmern. Und immer unsere Zimmer aufräumen.«

Mama seufzte. Sie betrachtete den gedeckten Tisch und überlegte. Dann fragte sie: »Passt ihr denn wirklich allein auf ihn auf?«

»Ja, sicher«, riefen wir beide. Ich glaube, die schöne Tischdekoration hat Mama überzeugt. Oder unsere aufgeräumten Zimmer. Auf jeden Fall durften wir Felix behalten.

Die Schlange im Klo

»Der hat wirklich eine Schlange«, sagt Fabian zu Mama. »Der Florian von nebenan.« Dort sind nämlich neue Leute eingezogen, und Fabian ist eben hinübergegangen, um zu schauen. Fabian wartet nämlich auf jemanden, mit dem er spielen kann. Und da hat auf einmal Florian vor ihm gestanden. Florion hat gefragt, ob Fabian Lust hat, mal zu gucken, was er in seinem Zimmer hat. Und Fabian ist mitgegangen.
In der Ecke des Zimmers steht ein großer

Glaskasten. In diesem Terrarium, Fabian hat sich fast erschrocken, liegt eine große Schlange.

»Die ist überhaupt nicht gefährlich«, hat Florian zu Fabian gesagt. »Das denken nur alle Leute, dass Schlangen gefährlich sind.«

Und jetzt steht Fabian in der Küche bei

Mama und sagt ihr: »Der hat wirklich eine Schlange, eine Schlange als Haustier. Das hat er mir erzählt.«
Mama schüttelt nur den Kopf. »Wie kann man eine Schlange haben? Das sind doch gefährliche Tiere. Und dann noch als Haustier.«
»Das ist anders«, sagt Fabian. »Der Florian hat mir extra erklärt, dass Schlangen nicht immer gefährlich sind. Dass es gefährliche gibt und ganz ungefährliche. Und diese hier ist eine ganz ungefährliche Schlange.«
Am nächsten Tag klingelt es Sturm. Florian steht vor der Tür.
»Meine Schlange ist weg«, sagt er. »Sie ist einfach weg.« Er ist ganz aufgeregt.
»Die Schla-Schlange ist weg? Da-das kann doch gar nicht sein«, stottert Fabian.
Da steht seine Mama auch schon hinter ihm.
»Siehst du, hab ich's nicht gesagt? Schon haben wir den Zirkus.«
Fabian ist es peinlich, wie seine Mama rea-

giert. Er beißt sich auf die Lippen. Aber irgendwie hat sie auch Recht.
Tage vergehen, alle wundern sich. Sie haben wirklich alles abgesucht. Sie haben unterm Tisch geguckt und hinterm Schrank und auf dem Schrank und unterm Bett und unterm Klo und hinterm Badezimmerschrank und an der Badewanne und in der Badewanne und hinter der Dusche und in den Handtüchern. Nirgendwo war die Schlange. Sie haben in Fabians Wohnung geguckt und in Florians. Die Schlange ist verschwunden. Fabian sitzt auf dem Klo. Er überlegt sich

dabei, wo die Schlange wohl sein könnte. Er steht auf, er zieht sich die Hose hoch.
Auf einmal taucht etwas Grünes neben dem Klodeckel auf. Fabian schreit, knallt die Badezimmertür zu, ruft ganz laut: »Die Schlange, die Schlange!« Und dann rennt er rüber zu Florians Wohnung und klingelt. Florian macht sofort auf.
»Die Schlange ist wieder da! Die Schlange ist wieder da!«

»Wo denn?«, fragt Florian aufgeregt.
»Neben unserem Klo, hinter dem Schrank hat sie wohl gesteckt.« Da gibt es nämlich eine Warmwasserleitung, und wo es dunkel und warm ist, fühlt sich die Schlange einfach wohl.
Da haben sie doch nicht gründlich genug gesucht! Florian packt die Schlange, nimmt sie mit hinüber ins Terrarium, in dem er Blätter und Erde hat. Die Schlange nistet sich sofort ein, als wolle sie zeigen, dass sie hier zu Hause ist.
»Ist sie nicht schön?«, flüstert Florian. Die Haut der Schlange glänzt golden und grün.
»Ja«, sagt Fabian.
Und dann beobachten sie die Schlange, die sich mit ihrer wunderbar glänzenden Haut langsam in den Blättern windet. Kaum zu glauben, dass diese harmlose Schlange so viel Aufregung verursacht hat.

Das Buch *für die* Schultüte

Gefräßige Monster, zauberhafte Prinzessinnen und furchtlose Ritter geben sich ein Stelldichein mit eifersüchtigen Hunden und sanftmütigen Elefanten.

Die schönsten Monstergeschichten, Rittergeschichten und Tiergeschichten von Cornelia Funke.

Die schönsten Erstlesegeschichten von Cornelia Funke
Mit Bildern der Autorin
Band 80392

Schatzinsel

fi 80392 / 1